Dias
de
Colecionar
Borboletas

Dias de Colecionar Borboletas

Imagem da capa
Acróbata, Iraklion Museum, Crete

Projeto gráfico
Mai Design

Foto do autor
Guilherme Carvalho Freitas

Diagramação e editoração eletrônica
Mai Design

Obra atualizada conforme o Novo Acordo Ortográfico da Língua Portuguesa.

Dados Internacionais de catalogação na Publicação (CIP)
(Câmara Brasileira do Livro, SP, Brasil)

Honório, José Carlos
Dias de colecionar borboletas / José Carlos Honório. -- São Paulo : Octavo, 2010.

ISBN 978-85-7629-117-6

1. Poesia brasileira I. Título.

10-05199 CDD-869.91

Índices para catálogo sistemático:
1. Poesia : Literatura brasileira 869.91

1ª edição, 2010

Editora Octavo Ltda.
Rua dos Franceses, 117
01329-010 - São Paulo - SP
Telefone (11) 3262 3996
www.octavo.com.br

José Carlos Honório

Dias de Colecionar Borboletas

OCTAVO

Agradecimentos

A Deus, sempre.
Aos personagens do livro, sempre personagens.
Aos amigos inquietos e constantes.
Aos outros amigos.
À minha família.
Em especial para Charlotte, Frida, Juliette, Leopoldo,
Pipo Augusto e Thomas
pelo silêncio e afeto.
Ao Ricardo
e ao meu editor, Isildo de Paula Souza.

José Carlos Honório

Apresentação

O leitor de Dias de Colecionar Borboletas vai certamente se sentir refém do poder de suas imagens poéticas. Diante da intensidade dessa experiência, somos levados a respeitar as formulações encontradas. O modo como os sentimentos humanos são capturados por José Carlos Honório nos faz reconhecer: é isso mesmo... É essa a definição de um grande poeta.

Esse colecionador de borboletas nos coloca em jardins com margaridas, aves azuis, louva-a-deus, ervas frescas e melancias verdes. Porém, nada é ingênuo, é uma natureza quase pagã. Ao mesmo tempo em que "É dia claro e o chamamento por Deus é inevitável.", nos deparamos com um deus que refaz suas malas e não dá respostas. Sacristia sem hóstia e dia de procissão com respeito a santos e a humanos. É nessa relação paradoxal que borboletas são dócil e perversamente aprisionadas.

Quando este poeta diz que a palavra é perigosa, se faz pintor, que escolhe em sua paleta os "tons verdes da relva" e o mais branco dos brancos para a xícara onde vai para repousar o chá de seu amor. São olhos de um poeta habituado a se apropriar do mundo pela visualidade, como uma "Fotografia mal tirada de crianças que choram." E neste mesmo ambiente, declara: "Humildemente aceito que teu amor é o barro com que a vida ainda me esculpe."

Se nos colocarmos disponíveis para uma profunda imersão nesse universo passional, vamos viver um ardente diálogo de corpos que se desejam e se perdem: "eu dentro, você dentro e a mão da vida por perto". Porém, em muitos momentos, é um corpo sofridamente ausente: "corpo que espero dentro." Esse corpo distante Este seu amor, que exerce um magnetismo desesperador, não está lá, mas seu corpo mais que tudo o espera.

E o sofrimento se traduz na simples e dolorosa necessidade de dizer, "Preciso que você precise de mim." Dor que, por vezes, ganha um tom irônico, como quando afirma, "e você que não duvide da possibilidade de me amar", ou uma matiz jocosa: "É simples sobreviver sem você, porém desnecessário."

Essa busca irrefreável do outro, em muitos momentos, mais parece procura de si mesmo: "sei que falarei quem sou quando eu descobrir" e "Talvez te ame pelo o que aprendi de mim enquanto te esperei."

O poeta se pergunta: "Será que a vida se basta em desejos?" Mas, mesmo assim, enriquece seus rituais com velas vermelhas, pretas, verde-escuras, cores fortes para que o desejo seja mais do que satisfeito. Em meio à liturgia do desejo, há belas oferendas de amor: "Prometo que te compro confetes." De dentro desses mesmos corpos, surge um amor que também é uma forma de dizer vale a pena.

E assim conhecemos aquilo que este livro um dia foi: "poemas insanos para o homem que amo".

Cecilia Almeida Salles

Sumário

Introdução

Foi um sopro. De uma vez. Como se um grande mágico, desses poderosíssimos que aparecem em sonhos de infância, tirasse um a um, de sua cartola imensa e preta, cinquenta coelhos surpresos e enigmáticos.

Foi assim que se deu a escrita de Dias de Colecionar Borboletas.

Foi assustador e sintomático.

Sintomático porque operou em mim diversos olhares e paladares até então encobertos. Assustador porque não sabia desta cisterna em mim contida – deste amor vasto e protuberante.

Foram dois sopros. De uma vez – a escritura e a leitura.

Foram três sopros. De uma vez – a escritura, a leitura e a entrega.

Espero que me entendam. Se não, se não me entenderem – eu que também não me entendo, talvez possamos construir um novo sopro, quem sabe o quarto ou o milésimo oitavo...

José Carlos Honório

I

Margaridas frias repousadas em meu peito arfante
violetas pretas maceradas
no absurdo que é meu olho esquerdo
jacintos, gerânios enlaçados sem cores vivas
no dia a dia do meu calendário.
Meu coração está estirado
num peito forrado com pétalas
de ardentes rosas vermelhas.
Você é o centro do universo
e eu que te sobre se te convier.
Humilde, te ofereço omoplatas
com flores postas
que, logicamente, você recusará.
Já não sei de jardins e por isso talvez ainda te ame
ou talvez
ainda te ame por não mais saber de jardins,
sei sim que estou posto
humilhado
numa pedra áspera feito o tempo
com dezenas de flores na mão.
Ainda te espero.
Não sei como recebê-lo, se você vier
mas te espero
cantante, possesso e sem cor.

Te espero
e quero que saibas
que meus olhos ainda encurtam distâncias
e que flores, quando se quer, não murcham.
Te espero nessa pedra
com flores na mão
e espero que elas possam ser tuas.

II

Habitar seu corpo como peregrino faminto
esperar gesto seu e
lágrimas de contentamento
aguardar a nuvem se fazendo chuva
terra molhada
erva nascendo, na hora exata
na consumação das horas
na comunhão dos beijos
na imagem distante
do planeta desabitado e diamante.
Habitar nem seria o nome
e sim percorrer e ficar
que na verdade
signos iguais são.
Não importa que seu nome
seja novamente erro
me contento com espasmos.
Quero neblina em desfiladeiro
para, inseguro que és,
tomar-te em meus braços
e deitar-te
na garoa do chão
e mergulhar sua boca
ferida por meus beijos
no mais barriga, recôncavo
possível de mim.

Imitar a natureza na criação dos filhos
e te habitando em meu umbigo
pernas abertas
coxas, pelos, nuca à mostra
te confessar da vida:
fui ferido: assombrações
mas te amo muito
e este momento é o que basta.

III

Talvez os tempos sejam outros
você, o mesmo.
Te aproximo de mim, humano,
como gema da clara
cores diferentes, iguais,
juntos permanentes.
Que seus olhos me digam absurdos
que a chama da vela apague, definhe
e que a vida dependa d' Ele, de Deus
porque no mais, tolerar.
Espinhos que percorrem vidraças.
O contágio de sua saliva
me é instrumento importante
senão vital de sobrevivência.

IV

Poucas expressões valem tanto
e amálgamas
pior que disparate dito:
o sofrido.
Meu coração e minha vida
reclamam urgência
em dois sentidos: leste oeste
poucos não são os meios
de se elevar a alma:
apenas deve ser sutilmente.

V

Talvez coração cromado,
quem sabe debilitado
ou qualquer adjetivo que o defina posto murcho.
Situação rara para um coração como este:
avesso às evidências sempre.
Preciso talvez que o próximo voo seja alto,
seguro,
involuntário,
para que a situação se reverta.
A vida que, oxigênio, me pressiona,
ri dos meus atos enquanto me prostro frente a você,
parada cardíaca
para meu sangue acostumado a ares e ventilação.
Você, fotografia que conheço,
que me destempera,
seja colocado para longe de minhas terras,
para fora do meu continente:
ponte que não quero alcançar
para não ter que chegar onde sempre quis.

VI

Despe-me com tuas mãos lentas
e revela um corpo feito puro
ao mundo devasso que te habita.
Chore muito ao me ver prostrado
aberto ao prazer, desejoso,
e chore o bastante
para que eu abra a boca em prece e súplica.
Ame-me como capaz e igual
igual em egoísmo, até
egoísmo que nos engancha
em trapos gastos.
Ame-me homem
é o que peço
faça o sinal da cruz do peregrino.
Me abrace
e morda o meu lábio feroz por ter-te.
Arranca do meu beijo o que te cabe:
meu melhor.

VII

Águas negras que encharcam
águas negras
demoradas
embalsamadas no tempo
represadas
num rosto pantanoso, o meu.
Espalhado na água
grosso, fútil
meu rosto.
Meio humano de enganar a vida:
navegar por distâncias desconhecidas
almejar um amor,
um pequeno, algures
qualquer.
Seu rosto me cabe nas mãos
águas negras
que repetem o desejo do homem:
ensandecimento.

VIII

A infância da vida: mentiras,
escuros
desejos encobertos e mais
lua que se deseja
e verbo que não se pronuncia.
Ruas em que se anda, solto.
Meu mentir sobre você
é fato
e sobre rodas gigantes
pois não me conheço
pois não me conheço.
Conheci a infância
e hoje mais vago do que dirijo
mais intuo do que ajo
hoje
mais afagos.

IX

Esfriou e o céu está azul.
O amarelo da orquídea
achata-se na janela
e meu coração te respirou um dia
esfriou.
O dia azul te abandona a cada passo
e cada passo é contado nos dedos
nos dedos
nos dedos
magros
imagináveis.
Hoje é dia de ciranda
amontoamentos
meu coração sabe algo:
é da natureza dele:
viver basta,
mais que amar.

X

A carcaça do prédio quase construído me afirma:
a totalidade de mim te pertence
em momento desusado:
apaixonante.
O melhor da terra te seja dado:
dardos, alvos e fantasias
porque no mais recusar o real
é o que se deve.
A máscara do amor oprime meu rosto
e a paixão me avassala
vento outonal em campo de trigo:
duelo firmado.
Te proponho um novo jogo
que é o seguinte:
raposa de um lado
e de outro raposa esperando
ambas famintas, atentas
ambas se acabando, ansiosas
ambas à espera de toca
e céus sem nuvens.
O prédio quase construído
carcaça de tempo
alerta: do jogo nada sobra
tabuleiro vazio
uns vãos
e tocas sem habitantes.

XI

Fotografia mal tirada de crianças que choram.
Essa chuva pardacenta que embaçaria meus olhos,
constante em nuvens próximas, me adormece.
A dor do esquecimento
tem a mornidão afetada do sono intranquilo.
Pássaros que agora me sobrevoam:
manhãs tranquilas alvorada e verdes.
Será que a vida se basta em desejos?
Infinitas são as oportunidades.
Anonimato.
Recursos escusos de felicidade.
É simples sobreviver sem você
porém desnecessário.
Deixe-me ser intenso, por favor,
deixe-me lidar com as ambiguidades
que meu coração sente, fabrica e me entrega.

XII

Primeiro que olho
primeiro gesto
contorção de corpo que, imagino, açucarado
temido, involuntário.
Mereço prazeres terrenos
pé na lama, lodaçal
tempestade em barco inseguro.
Mereço sacristia cheia
e ausência de hóstia:
desprazeres.
Mereço o tédio do seu corpo abandonado
braço seu que, arma, fortifica
seiva grossa, veias
tônico, músculos, arames farpados.
Mereço farpas que,
muitas, são arremessadas
no coração de um cristo
que pode ser eu, nós.
A canoa que seu braço circunscreve
remável, canoa apta
céus sem torpedos
nuvens sem gafanhotos
buraco tapado,
pronto.
Canoa inquebrável de veias palpáveis
vísceras de rio caudaloso.

Remar a vida
remar a vida vazia
remar a vida vazia, seus ombros.
Remar.
Seus ombros me esperem
e a canoa que são meus olhos
te alimente.

XIII

Cinco e meio é número exato
para apaixonados
cinco botões de flores
em mãos de cinco dedos
cinco dias da semana
pois os outros dois
descanso para si.
Meio, meio, meio
meio poema a ser dito.
Inverno que chega rápido
meio depressa demais.
Cinco e meio é número exato
pois te amo e a seus beijos
cinco e meio
seus beijos.
Calor na mão suada.
Quando te vejo
olhos que piscam mais rápido
pés meus que te querem
pés meus que querem seus dedos
que aflitos
perto, dentro, entrando.
Cinco e meio é forma
única
de dizer que te amo.

XIV

Acuado, que eu te proponha trégua
pois somente suportar não foi suficiente.
Que eu te escreva bilhete derradeiro
e que diga: paredes opostas que se trancam
ao invés de se terem
dois armários de mais conteúdo impossível
e a imagem do impostor em cada um.
Se ao menos nos adiantasse sofrer
não é isso que se quer
bandeira fincada em território desconhecido
isso sim
tormento passageiro dissipado
com um simples abanar de dedos.
Preciso estar sozinho e você
preciso contar com a sorte
catapulta infantil
para ter-te sentindo meu ombro
pudera que mantras nos calcifiquem
e esqueçamos do desejo que nos cabe,
por certo.
Cavalos marinhos imersos
invertidos
dentro de aquário
e apenas uma estrela no céu
açúcares, deleitares, juízo vago
e um instante pequeno de memória
que me chega.
Você já teve participação
no demoníaco ser que sou hoje.

XV

As flores estão colocadas
no cesto de arame
as cores dos planetas não me
são familiares.
Um intuito forte de rendição
percorre meu corpo
e me arrepia
dizer sim
é constatável e claro.
As conchas amontoadas
em canto esquerdo da caixa
anunciam:
outono chegando
dias de colecionar borboletas
e lembranças
embaraços.
Espera-se noites quentes
em que se macerem flores
perfume em pontas de dedos.
O céu oblíquo te chama
e dizer sim é simples.
Minhas mãos pousadas
no portão mais alto do muro
que cerca tua casa, relatam
arames farpados dispostos
em meus bolsos
que ao invés de ferir, aliviam.

Mais que duas ou três
suaves, doces palavras
o convívio que é isso:
ancoradouro com barco
e gaivotas que voam.
Sua boca me engole sem me tocar
sonata
corpo que espero dentro
violino inacabado
música que se ouve
mar que se sabe,
pois amor dentro.

XVI

Teus olhos pedintes me dizem o óbvio:
nada te assusta, nem mesmo o inaceitável
aves azuis que pousam
quase no seu umbigo
tamanho seu encantamento
você me diz, com gestos pausados
pedra de gelo em copo d'água
o que pensar do momento seguinte:
nada.
Deixar que ele surja
violeta despontando na hora certa.
Teus olhos se liquefazem
em notas de música de acalanto
ou acasalamento.
Teu nome é parecer eterno
e o meu é admiração.
Pelo espírito centrado que tens
e boca de agonia prestes a cantar.
Acho que os astros que te governam
passam longe do meu calendário
do contrário seríamos irmãos.

XVII

Sem seus passos próximos
estaria desabitado
desprovido de recursos
e em aldeia estranha.
O grosso rímel estampado em minha
mais musculosa cara
mais desmascarada face minha
te deixa prostrado e ofegante.
Será que você me ama
ou te fascino?
Meu mais grosso rímel escorre
e me diz:
a vida que quero é junto com você:
porto com navio ancorado
com pássaros
dentro, fora
coração eternizado.
Grosso rímel que escorre
e me diz:
a máscara que busco é outra
navio ancorado
pássaros pousados
eu dentro, você dentro
e a mão da vida por perto.

XVIII

Mesmo que breve e inconstante
eu te peça carinho e atenção
louva-a-deus erigido em areia
em homenagem sacra
a teus dedos firmes em mim
ausentes
de mim distantes
mesmo assim
mergulho profundamente
em sonho que me acalenta:
olhar seus olhos que, fechados
me pensam
boca que me atormenta e pulsa
dentro.
Longe de céus que existem
céus inoperantes
um degrau
uma nuvem
dias parados
e meu pensar constante em você.

XIX

O ritual que se completa:
sentar-se à mesa, fartar-se.
Olhar na parede
oposta à cadeira que se sentou
para um ponto qualquer que chame a atenção.
Angústia não.
Cuidar-se apenas.
O amor, aproximante e inevitável,
ronda a sala posta na escuridão.
Mais rituais: o corpo que se espera
e espera novo dia, jogado ao chão.
Meu corpo mais que tudo, espera.
Alcatéia.
Uma cor ocre me invade
por onde mais me farto:
olfato.
Sinto que jardins encantados
sempre me faltaram
e a fantasia não cabe mais.
Hoje é dia de procissão.
Respeito aos santos e aos humanos.
Melancia verde.
A multidão que se aglomera e exige respostas,
que ao certo não virão do céu.

XX

Prometo que te compro confetes,
te digo alguns mantras,
faço de conta que decifro teu i ching.
Apenas permaneça em minha vida.
Apenas contente-se em mentir com presença
que me ama.
Acender velas
é o de menos para pessoa como eu
que se contentou com saliva
para a sede que lhe fartava,
água que desapareceu.
Mentirei de pés juntos
que o rei que existe está em ti,
magnânimo e ultrajante,
mas mentirei.
Todo sábado terceiro de cada mês
mandarei rezar missa
em homenagem ao encontro nosso
que nos batizou.
Vermelhas, pretas, verde-escuras.
Cores fortes das velas
para que a chama se faça alta,
o cheiro de parafina entonteça
e que o desejo seja mais do que satisfeito:
continue.

Prometo que te jogarei algodão no rosto,
como em criança,
fartarei teus pés de ervas frescas
e te darei banho com água morna
e esponja macia
dentro de banheira de ágata.
Você que é o eleito
tem um número no peito fincado por mim:
21.
Estou sentindo época de abandono para todos.
Lerei toda noite,
agachado aos pés de nossa cama,
sonetos portugueses que são lindos
e olharei em teus olhos,
labaredas em vivos olhos
para que o poema se complete.
Nas noites de tempestade, as mais difíceis,
prepararei bolinhos de farinha,
tão morna,
para o chá.
Segurarei as suas mãos,
magras mãos que persigo em meus lábios.
Esperarei até de manhã todos os dias
para, ansioso,
rever a curva de tuas coxas, que,
expostas à luz do dia, tomam coloração intrigante
para não falar indescritível.

Livra-me desse tormento
de olhar em seus olhos pedintes me chamando de amor.
Livra-me destes teus braços,
serpentes negras me envolvendo,
lua pairando no lago,
animais sorvendo água por perto.
Mares revoltos,
águas profundas,
chãos que desmoronam para dentro de abismos e
eu estando ao seu lado,
cadavérico,
pois apaixonado,
eu mais que tudo, mais apaixonado.
Eu saciado por beijos desejados.
Saciado por um caldo de framboesa grosso,
sonoro
que jorra de seu corpo,
me fixando, pregando, crucificando.
Eu atordoado te jogo confetes que chupo,
algodão que assopro,
legumes frescos que mordo e cuspo fora.
Você, energia maligna que me satisfaz,
álcool concluído em minha faringe.
Entrando, entrando.
Eu te tendo.
Eu te tendo.

Seus braços esfregados
em minha cara roxa
de líquidos de sufocação.
Mão exata em meu hálito que
ainda te pede.
Não importa.
Nada importa.
Sei que falarei quem sou quando eu descobrir.
Ao invés,
e para não perdermos mais tempo,
suspira que me deseja e conserve.

XXI

Vai que a vida é isso mesmo:
desesperares e logo mais, olhar para trás
e o problema estar solucionado.
Estranho, bastante até, compreensível.
A vida não nos precisa, ela é.
Nós que nada somos dela precisamos.
Inevitavelmente a cada passo que dou
vem à cabeça a pergunta:
onde é que deus se meteu que não me dá respostas?
Objetos que tenho em casa
cumprem seu papel,
me respondem alguma coisa,
na medida do que é possível que respondam,
só que é pouco.
Vejo que você dorme
e a vida nos pede mais que isso.
Será que, acordado,
estou igualmente dormindo?
Você me assusta
pelo não enorme
que representa para mim.
E também pelo sim.
Se não, Netuno, nebuloso,
eu fácil me acostumaria,
estradas desfeitas,
entradas não permitidas,
tudo bem: acostuma-se.

E se a resposta for o temido,
fantasmagórico,
São João Batista,
alegre e pontual sim,
o que farei?
Quantas malas terei de desfazer
e quantas terei que fazer?
Quantos sins e nãos terei de justificar,
eu que pouco me acostumei a justificativas.
Tá certo, a vida que não nos precise,
mas jogar turnos ininterruptos
de um jogo que não sei direito,
é demais.
Olho máscaras africanas
penduradas em minha parede e
sua gargalhada fóbica se adivinha
no oco dos seus dentes.
Mas vá lá,
é o começo de primavera e eu,
momentaneamente,
posso estar vendo coisas.
Faço um café saboroso.
Repouso para o primeiro gole,
quase insaciável gole
e então já desejo seu olhar
pousado em minha xícara.
Que é que eu faço?

O vapor do café se
confundindo por toda a sala,
vapor inesgotável,
sugere que eu pouse esta xícara
por momentos mínimos
e mergulhe de vez nisto:
eu te amo.
Preciso que você precise de mim,
e que você me pertença de alguma forma.
Para que o não seja viabilizado
é preciso que eu desapareça,
mas,
espere um pouco,
para que o sim seja viabilizado,
também é preciso que eu desapareça.
O que fazer?

XXII

Como a mata, diariamente,
se mostra ao riacho que a corta,
devorador e voraz,
meu corpo se põe à prova
diante de seu magnetismo desafiador.
E meu sangue enfadado,
se assim se diz,
percorre meu corpo
como este mesmo riacho
atravessa essa mata:
contínuo e decadente.
Brisa não é possível em relacionamento nosso.
Confusões,
mãos na cabeça,
pensamentos simplórios
são sempre possíveis.
Asas minhas que são podadas e
setas suas que,
interceptadas,
perdem o alvo.
O amor,
de acordo com planos que não nos concerne,
nos torna pouco práticos e até inafiançáveis.

Melhor que madeiras,
embarcações,
folhas outonais que, contínuas,
à deriva
navegam em rios absolutos,
de poder extremo,
melhor que conhecer-te inteiro,
melhor que borboleta pousada à vista,
melhor que céu aberto de nuvens
e fechado delas,
melhor é,
obscuro,
te esperar às seis horas.
Que dias!

XXIII

Estar deitado ao seu lado
lambendo sua boca de sal
erosiva, suplicada.
Estar deitado ao seu lado
nuvem branca e serena próxima
cercando seus olhos com dedos postos.
Gravetos.
Posso, por favor, ficar assim
olhando o mar ao redor
que extasia?
Escondido, posso?
Amansar lambendo, lambendo
corruíla na flor
estar deitado ao seu lado
abandonado e intenso
pensando na trama dos meus dedos
sem os seus.
Céus que escureçam
quero aprender, de novo
permanecer.

XXIV

Essas conchas vazias
pousadas em areias distantes, sonolentas.
Precaução por pássaros.
Injustiça seja feita: você fora do meu mundo
concha vazia e abandonada
pedaço de galho queimado
e adormecido.
O jejum que o dia me propõe é o seguinte:
falar de sua boca
comer dela
morder, soprar de sua boca
adormecer com ela encostada
na orelha.
O amanhã do dia seguinte será:
alvorecer com pirilampos
ou vaga-lumes
ou mesmo insetos encantados.
Que a rouquidão do meu peito te revele:
o vermelho de minha maquiagem
é sangue
e terra seca.

O vermelho que abominas
glúten, alimento dado aos santos
é vermelho nefasto e sagrado,
me toma
me engendra.
Da concha, sabe-se: permanecerá pousada
da concha, sabe-se: permanecerá
da concha, sabe-se:
da concha.

XXV

Quando vejo nuvens postas
brancas, algodoadas, negras
vejo apenas nuvens
e alguns animais desenhados
que são meus olhos
meus sentidos
e paixões que acumulei
postos nelas.
O tobogã, que mares, que mares.
Não mais te vejo
nas nuvens
pois me aprendi coragem
me aprendi enérgico
nisso que chamo de atração.
Quando as nuvens se evaporam
já não existe céu
pois meus olhos não se acostumaram
ao desespero.
Hoje quando vejo nuvens
nuvens, nuvens.

XXVI

Incontrolável é a força
demoníaca e boa
que a natureza faz prosperar
em teu corpo.
Natureza ultrajante
secura de mel em favo
hospital das delícias
são seus dedos e falas.
Os santos que se apresentam
vestidos
não são mais que ocos
poucos, nada a cometer.
Os santos que te habitam
são os da seita maldita
infames, nefastos, calmos,
os que me interessam.
Resumo de martírios e inconsciência
são nus masculinos
e bocas tremendo
vulcão que, derrotável,
abomino
vulcão que invencível e
intolerante, raivoso,
amo.
Que estrelas mais altas
me alucinem,
amarguras indevidas:
sua ascendência e sobrenome.

Me importam suas cores,
a falta delas e os desmazelos.
Seus dotes mal utilizados:
veraneios, sirocos, vendavais.
Você prostrado frente ao altar
da capela à minha espera.
Eu dentro, também à sua espera
de outra forma
com objetivo outro
apenas te esperando.
Nosso encontro já existiu
inquebrantável
como nos dias de hoje
onde santos convivem
com mesa farta,
convivem com falta de significado.
Sem seu perfume
e, misericórdia
seja feita,
sem sua boca grossa
salivante
tosca
quase minha.
Santos que te empobrecem
máscaras que lhe caem bem.
Santificado seja
o pronome
porque de ti, cometa alado,
quero o abandono e pitangas.

XXVII

O chá repousado na mais branca das xícaras
e o instante de te ver, onde minha vida recomeça.
O lírio guardado na parte mais amarga do peito.
O grosso da saliva alimenta minha alma.
Concluo que não existe passagem secreta:
o mar invoca e o amor.
O que esperar de nuvens que despontam?
Dentro o amor de anos descoberto agora.
O que esperar de paredes construídas
solidamente
e que buscam frestas?
Experimente o que a vida guarda de melhor
palavras ditas que não se expressam.
O amor também é uma forma de dizer:
vale a pena.

XXVIII

Criei-te pássaro para na hora exata,
a da exaustão,
ver-te livre atado ao nada.
Custou-me.
Porem te digo:
a liberdade que esperavas está à mostra
para sua visão e gozo.
Tropeço em palavras bonitas
para não falar dela,
a palavra cravada desde que se nasce:
morte.
Até uso palavras bonitas,
as que conheço e as que não,
mas sempre o resvalar: à beira.
Conservo-te mais que monstro em meu paladar,
sentir, pensar e nervos,
mais que monstro,
pois assim te prescindo,
já que inalcançável,
te aproximo do impossível.
Hoje, dia treze, até almocei melhor,
sabendo que podia perder-te sem me perder.
Hoje não te tenho, como nunca tive,
mas é diferente.
Hoje o não ter-te é palpável e inodoro.
Antes o não ter-te era remoto,
opaco,
profundo
e esperançoso.

Hoje a comida que comi
me ancestralizou e vi:
eu mais que a ti preciso-me.
Seu corpo hoje, mina perigosa,
pode ser desconhecível para meus dedos
que tanto te esperaram.
Treze de outubro,
almoço saboroso
e meu não pensar em felicidade contigo.
A vida é esse tráfego constante de gente
que quer saber-se.
A vida, ao mesmo tempo que me comove,
me cansa com suas armadilhas conhecíveis.
Já encontrei tantos iguais a você
que a única e possível fala que posso é:
te amo mesmo assim.
Por sua ausência esse tempo todo.
Por esse jogo desconhecido
que você pratica
e que nem sabe onde vai dar.
Deus saberá.
Talvez te ame pelo que aprendi de mim
enquanto te esperei.
Reli tantos trechos,
colhi flores,
experimentei sabores,
odores,
diferentes dos que sabia.
Pedaços que se separam.

Hoje posso olhar nos olhos teus assim:
olhos quebrantados de água
e reconhecer:
te amei,
te amei,
te amei.
Que verbo bom de se usar: passado.
A vida que me escolha para o que vier.
De você estou farto.

XXIX

Esperei demais pelo seu consentimento.
O mal-estar me toma, e quando te olho,
ao contrário de chorar,
me contraio,
fecho os olhos
e penso no amargor que existe
na pouca distância que nos separa.
Móveis velhos
dentro de um cômodo que o mundo engole.
Esperei demais por um beijo seu,
língua que quero,
e que penso esquecer,
para o meu bem.
Mas o que é o bem? Concluo que seus braços,
alongados e distantes de meu corpo,
foram feitos para abraços fortes
e calorosos em mim.
Que mais posso te dizer
para provar que te quero
e que te amo?
Eu bem que disfarço o que sinto
com o olhar posto na multidão
que me apavora.
Céus desabando
em minha cabeça que só pensa,
fincada num corpo que não age.

Eu sinto que, e é evidente,
não conseguimos mais conversar
quando estamos sozinhos, lado a lado
nos agredimos,
nos desconhecemos,
nos faltamos.
Nos faltamos:
sabe o que isso representa:
eu e você
estamos sem rumo certo
e o que podemos esperar
de pomares sem água?
Nada.
Meus olhos perdidos,
filigranas diamantadas,
melhoram quando te vêem.
Você é mais que concha para a pérola.
Você é o mar que falta
para o absurdo se entender.
Em presença de sua boca
que me olha atentamente,
espero que o vulcão
contido dentro de mim
emerja e cante hinos.
Estou comedido e com medos infantis
que em mim desconhecia.
O melhor é adiar
jogos e estratégias que usamos para o final
ou para a metade de nosso entendimento.

Jogar requer cuidados que até Deus,
que joga muito,
desconhece e escorrega.
Ainda não sei se o final
demora ou se o campo de jogo apenas foi aberto.
Sei que quero trégua neste embate
cansativo,
infrutífero e,
para ser bastante verdadeiro,
nojento.
A tua onipresença, contudo,
é aflitiva e devastadora em meu corpo
acostumado com bons tratos.
Ver-te dia a dia
está ficando enjoativo,
pois não o tenho completo e amante.
Tenho-te da pior forma possível:
amigo confidente.
Talvez apenas te queira longe,
ausente.
Pássaro sobrevoando mares longínquos
de outros continentes.
Talvez não:
talvez te queira acomodado
em meu mais murmúrio e esconderijo,
no coração aflito de um demônio
rendido
que pede socorro.

Talvez, e é quase certo,
que te queira enganchado em minhas vísceras,
corpo dolente e esgotado,
nas primeiras horas e nas subsequentes.
Talvez, mentira.
Possivelmente,
se verdade,
morte.

XXX

Não te pediria nunca
que me esquecesses
porque te quero
e querer faz parte do não pedir.
Meus olhos me atestam
o que muitos sabem e intuem:
meu amor por particularidades suas
particularidades inegáveis
é evidente e inquebrantável.
Amor-gaivota sendo conservado
em vinho tinto
para na hora propícia mostrar-se.
Por enquanto não te peço
por enquanto não te entendo
por enquanto não me sustento
por enquanto, atônito, espero o dia
da hora que não sei, não saberia
esperemos.
Uma coisa é certa:
não peço que me esqueças
pois ainda não te mereço.

XXXI

O mar que me habita
tem o hálito mais quente e menos calmo
do que este mar aberto,
cereja rompida que me olha.
Existe um paralelismo e um equilíbrio
nada distante
unindo o gigantismo do céu,
mar, nuvem
e estrelas,
como um móbile infinito que balança
e nos ata.
O movimento é lento,
contudo perceptível.
Dentro de mim,
o movimento que me supre
é apenas respiração.
Interrompi desejos,
fantasias,
moedas desnecessárias no momento,
para,
inevitavelmente,
te tirar do meu fluxo,
do meu entender-me no mundo.

Quando,
olhando de lado,
despercebido e descuidado,
misturei sua vida à minha
para ver no que dava,
olha aí:
arcabouço e sentido raso de consciência.
Feitiço inadiável.
Fiz meu plano
que era te suspender,
remédio mal administrado,
de meus dias.
Olha no que deu:
doença mal curada
e coração aflito que pede presença.
Boca de peixe que se tirou da água.
Boca incessante de pedir.
Agora estou amarrado,
fixado em ti feito o móbile fixo no céu.
A diferença é que estou preso a ti
fictícia e improvavelmente.
Meus ombros te suportariam
tão calidamente
e minhas palavras
suavizariam suas noites mal dormidas.

Meu espírito,
acostumado com derrotas sempre passageiras,
e com vitórias sempre alcançáveis,
saberia se portar
diante de um conturbado espírito batalhador
que não sabe
quando se deposita as armas de lado e descansa.
Aqui estou,
suspenso,
como alguém de castigo.
Como um livro posto na prateleira,
para ser lido um dia.

XXXII

A palavra é perigosa.
Estranha.
Contundente.
Agora, momento este, golfo,
parasitas,
tons verdes de relva,
digo: amo.
A palavra inaudita, porém existente.
Segundos depois,
palavra perversa,
suspirares,
emanar e pulsação,
novamente a palavra: esqueça.
Eu tenho os meus soldados de chumbo,
meus cavalos-marinhos de vidro,
minhas camisas de abotoar,
girassóis que não são meus,
mas os tenho,
e fotografias.
Como se coleciona fotografias!
Para que?
Numa que abraço com mãos suadas,
calor,
exaustão,
ânsia e encanto,
noto um erro de foco.

Nela existe um barco visto pela metade
sob um céu triangular azul-claro
e o que será isso:
uma rede de pesca,
uma trama clara num canto esquerdo
inferior da foto.
Palavra linda:
fotografia-mal-tirada.
Meus olhos.
Tenho isso de perguntar,
arsenal que chamo de quase-tudo
para banhos matinais e outonais
e a pergunta:
o que faço com isso tudo?

XXXIII

Onde o desejo acontece
ouvem-se risos de crianças
e chacoalhar de asas.
Meu desejo por você
perfura
o que tenho de alma e dói.
Sua covardia me alucina
e não me poupa.
Lençóis que, estirados,
servem-me de carcaça.
Para que eu represente
em um teatro falido.
Seu lugar está dentro de mim
como adivinhação
nas palmas das mãos.
O lugar que você
se recusa a ocupar
é só seu
e em hipótese que seja
alguma, farei substituição.
Estanho que és
durarás em minha carne
feito encarnação
feitiço
agouro e felicidade predestinada.

Que sua covardia
me adiante nas horas
e que eu decida: sou por você
como o mar para o céu,
a coxa para o pé e
tornozelo
para a junção do todo.
Quando em vida
localizo meus olhos
no rio que suas costas trazem
suspiro desejando beijos
e benzeções de céus esticados
sem nuvens
pardacentas e ultrajantes.
Céu que diz: olha a beleza
e olha as horas perdidas.
Céu que diz: olha a beleza
e o amadurecimento do fruto.
Céu que diz: olha a beleza,
a boca pronta para o beijo.
Céu que diz: olha a beleza.
Olhos que te olfatam
mãos que te suspiram
narinas que, ofegantes, te olham
e tudo querem tocar, conter.
Eu, humildemente, rogo:
seus pelos me pertençam
e seu beijo.

Sua memória me mereça
como ouvido atento à prece.
Meu corpo embalsamado proclama:
suas histórias de amor acontecidas
para o cadafalso.
As histórias de amor que estão
por te acontecer:
ruínas.
E meu ofegar constante
em seu nome,
polegar e alma,
presente.

XXXIV

Acabou o sétimo dia,
dia longo tenebroso
com vento que não vinha.
Dia de tremor nas pernas
e aquela sensação de inutilidade nas mãos.
As velas todas da casa se apagaram
e restou apenas
uma premonição de perigo
para a alma.
Vou cuidar para que isso que sinto
não se agigante.
Há reféns.

XXXV

Metade dos passos foram dados,
me parece.
Chuva em terreno fértil.
Circunflexões, genuflexões, rezas.
A infância me trouxe aqui
neste estado
oportuno
de devaneio.
Sento-me ao lado de minha mãe
pedindo resposta, sem falar.
Ela me toca,
os olhos embaçam, rezas.
Metade dos prazeres concedidos.
Minha mãe nunca me responde nada:
ela olha e é tudo.
Labirinto marítimo
habitado por escaravelhos que flutuam.
Acho que me achei
e agora me sei.
Metade da vida está gasta.
Minha mãe: sabe-se.
Agora, você, eu sei.
Do que aprendi.

XXXVI

Tenho que te falar do seguinte:
nuvens, escorpiões pisados,
frutas apodrecidas
e muito, mas muito desespero.
Porque quando se começa a amar um homem
a tarde cai mais rapidamente
e o nome da água passa a ser sangue.
Nuvens que escurecem
calabouços armados, muito bem-armados
chuva rala que apodrece madeiras
demoradamente
e me faz refém desta marquise.
Estou dentro de um teatro
suntuoso
cheio de máscaras pelas paredes
e uma delas eu vou usar,
apenas uma.
O tom amarelado do céu anuncia:
meu dia começa com seus olhos,
me olhando.
Sem eles:
dia escuro e desaparecimentos.

XXXVII

É dia claro e
o chamamento por Deus é inevitável.
Chuva de alimento e amêndoas
no colo
e você que não duvide
da possibilidade de me amar.
Calmamente ergo braços,
mãos e sentidos
e peço que me acalentes.
Verbo raro: acalentar.
Chuvas de infância
e lembrança de bichos no quarto
escurecido.
Vento bom na cara
que lembra seus olhos amanteigados
que me olharam.
Um cheiro conhecido de mata inglesa
que me toma e me chacoalha.
Amanteigue novamente seus olhos
para o meu paladar e boca.
Amacie minhas costas
e curvatura
com seus massageares imediatos.

Arrependa-se,
incrédulo,
por ter momentaneamente me esquecido.
Volte para que eu novamente
tenha a referência de minha vida,
desviada lá atrás,
perto dos meus doze anos.
Volte para que eu volte a saber-me.

XXXVIII

Deus refaz suas malas
desfaz a mesa do almoço
e determina que seus convivas
esperem.
Braços abanados.
Meus olhos estão nas malas de viagem
colocadas ao pé da grossa mesa
do almoço posto.
Alegria seja dada:
céu azul, comida farta
e descomedimento.
Pintura preta nos olhos.
Meu coração apertado.
Pedido de sobremesa:
beijo adocicado seu,
seus abandonos de dedos.
Pintura preta nos olhos
pintura preta nos olhos
pintura preta nos olhos, que mancha.

XXXIX

Meu sangue não tem cor
e a tristeza que sinto é infinita
não, infinita não, porque suportável.
Areias que pedem passos,
aldeias que clamam gente
e viver misterioso.
Busco há tempos horizontes
que te contenham
horizontes que te saibam.
Meu dedo cabe na tua boca
alpiste e afeto:
recordação de mantras e ebós.
Estou saturado, farto de palavras,
aliás.
Necessito teu beijo, vantagem abusiva
teu domínio.
Hoje,
quando teu rosto esteve à minha frente:
catamarãs em lagos desconhecidos,
olhos postos em abandono
à perdição,
soube algo que
humildemente aceito:
meu amor por você é grampo fincado
e solução para o que sou.
Humildemente aceito que teu amor
é o barro com que a vida
ainda me esculpe.

XL

A trajetória que sua cabeça percorre
até chegar ao meu ombro para o choro
é longa.
Trajetória fosca, mas contornável.
Perímetros conhecíveis
porém pés cansados de caminhada longa:
inútil e sem celebração.
Caminhada cansativa e inevitável:
não buscada.
Caminhada que, provavelmente
desconheces
embora digas que não.
Nuvem é fixação da arte de Deus
de semear.
E eu que o mantenha
feito nuvem, semente, apoiado
em meu pescoço.
Apenas isso: que eu te mantenha.

XLI

Cisma em mim um desejo
compassado e aflito
de rever seus olhos,
incandescência no olhar,
margarida no sereno.
Meus passos vacilantes dados
em sua direção.
Direção contrária?
Barco que não se sabe o nome
abandonado
próximo ao cais.
Píer gigantesco.
Vento na cara, atordoamento.
Meu coração bate menos sem você perto.
Mãos porosas de homem que espero.
Pedaço da lua que me cabe.
Meu coração bate menos sem você.
Velocípede de infância
e bolas de gude no bolso.
Meu coração bate menos,
muito menos sem você
e quando bate é triste.
Estrelas de giz pintadas no rosto
e vontade de chuva na cara
inebriando.
Cisma em mim você perto.
Que a droga me abrande
porque da vida:
apenas sortilégios.

XLII

Amêndoas te sejam postas nos pés
para que transpires e acredites:
eu existo para seu deleite.
O tempo e os espantalhos:
seres comuns nos procedimentos.
O tempo é ser
e o espantalho
sem braço.
Para que duvides:
apenas olhe para trás.
Nada vendo,
verás.

XLIII

O contato de sua mão comigo
contato de cova, abutres brancos
tateando seus dedos frios sinto:
crescimentos imprevistos.
Emigrei e saberia sempre
de minha fantasia impecável.
Morreria em seu nome:
outonos passados.
Deitar rente ao seu corpo que espera
que espera.
Quando afundo os pés
nessa areia úmida e quente
sinto que o céu pode faltar
e prescindo de seu beijo.
Então, de acordo com os rastros deixados,
palma da mão ausente
destino: te encontrar
e permanecer.

XLIV

O corpo acostumado a outros corpos:
amêndoas escarlates
pirilampos em colo suado
corpo desacostumado
e tato raro.
Embrião de prazeres primários.
Eu te amo na lacuna,
na fenda.
Como os religiosos
a seus deuses.
No vácuo.
No não-sei da vida.
Igreja povoada por morcegos
rufar de asas
que se junta ao espetáculo
que é o som do meu
coração.
Seu corpo está habituado
com outros corpos
e meu coração
que te subtraia
deste labirinto.

XLV

Já posso andar do outro lado
subir em coqueiro alto, cair,
despencar.
Amar de outras formas
mais tranquilo.
Já posso visitar lugares,
revisitá-los
e ter prazer como da vez primeira.
Já posso reparar em meus rastros
na areia, súbito
olhar meus rastros e constatar:
estrelas.
Magmas e tolerâncias.
Tudo é possível
quando o mínimo:
estalactites escarlates e grutas
da vida se aprendeu.

XLVI

Quando algo que te encante
demora
e é longe,
esqueça.
Seja assim:
pelúcia na orelha
pessoas que te amam
te sabem:
apareça.
A veia-alarme
que é a vida.
Te espero
apertando os dedos.
Aguardo esperando.
Criciúmas.
Lugares mornos que te
aguardam
e a mim também.
Olho sem cisco
nuvem e maremoto.
Eu também te espero.
Espero que você
se espere
se espere se
espere.

XLVII

É preciso ter coragem para,
ajoelhado,
entre retas e gente
beijar assoprando
seus braços
pendentes.
É preciso coragem para
continuar em caminhos íngremes
embora.
Coragem muita é preciso
para
colher flores prematuras
quando a necessidade
é tanta.
É preciso coragem
para aceitar que te amo
para aceitar que seu caminho
tangente ao meu
me basta.
Me basta assoprar
seus ombros devagar
anunciando afresco
na memória.
Música que me embalou
a infância.

XLVIII

Grãos de areia
e grãos de madeira
repousados
em seu rosto pétreo,
arbóreo.
Pétreo de luz.
Arbóreo, por ser
talvez de aparato.
Sinto que me inspiro
me impressiono
quando e sempre
que te vejo.
Medulas.
E a vida que nunca
me foi técnica
me emociona.

XLIX

Estou no trilho do trem
aguardando
triste.
Papoula sem ópio.
Seca:
fantasma de deslumbre.
Areia quente ferindo os pés
palma de mão tingida
e amor perto tão distante.
Cicatrizes e comedimentos
ópio que não alivia
inexistente.
Coração que sangra debaixo da roupa
lavada.
Debaixo da roupa inócua,
mazelada.
Estou no trilho do trem
que passa em meio a terreno conhecido
esperando.
Gramas, jacintos, escorpiões e
nada de papoula que abrande.
Roupa limpa que pede
outra lavagem
outros esforços.
Roupa que pede nudez verdadeira
e não a nudez aceita.
Papoula que sangra dentro da terra
e meu coração que sangra dentro de mim.

Nuvem desconhecida aguardada,
nuvem seca de chuva que
se chegar
não será breve.
O santo que me ouvia, deixou
não o mereço.
Nu que sou, que não fico.
Demônio estampado na palma da minha mão
que pede.
Enquanto espero
averiguo o quintal que piso
com olhar que aprende:
olhar de antepassado.
O que vejo: trem que não vem,
vida que definha,
você somado à sua ausência.
Caracóis
gritaria de criança
cachorros latindo
fogueira alta, batata dentro
céu inexpugnável
eu, criatura possível.
Olhar de antepassado
o que vejo:
infância recente
cravo, cúrcuma, temperos
insetos nas costas, nas mãos
nos ombros
em meu rosto.

Não quero falar
apenas consentir
consinto e espero
enquanto esta nuvem
quente
me encharca.

L

Tenho ele no peito
e tamarindos no colo.
A suavidade da vida
presente nas linhas
do corpo.
Ele está em meu peito
ferrugem fincada
como abandono de lar:
definitivo.
Um terço da minha vida
tem destino certo.
O resto:
gruta desconhecida.

Este livro foi composto pela Mai Design na fonte Garamond Regular, corpo 12pt. Impressão e acabamento pela Aquarius Gráfica e Editora, sobre papel Pólen Soft 80 gramas para a Editora Octavo, em maio de 2010